Gedichte und Fabeln

Heinrich von Kleist

Impressum

Autor: Heinrich von Kleist
Umschlagkonzept: toepferschumann, Berlin

Verlag: tredition GmbH, Hamburg
ISBN: 978-3-8472-3587-3
Printed in Germany

Tucholsky
Wagner
Zola
Scott
Fonatne Sydow
Freud
Schlegel
Turgenev
Wallace
Twain
Walther von der Vogelweide
Fouqué
Friedrich II. von Preußen
Weber
Freiligrath
Frey
Fechner
Fichte
Weiße Rose
von Fallersleben
Kant
Ernst
Richthofen
Frommel
Hölderlin
Engels
Fielding
Eichendorff
Tacitus
Dumas
Fehrs
Faber
Flaubert
Eliasberg
Ebner Eschenbach
Feuerbach
Maximilian I. von Habsburg
Fock
Eliot
Zweig
Ewald
Vergil
Goethe
Elisabeth von Österreich
London
Mendelssohn
Balzac
Shakespeare
Dostojewski
Ganghofer
Trackl
Lichtenberg
Rathenau
Doyle
Gjellerup
Stevenson
Tolstoi
Hambruch
Mommsen
Lenz
Hanrieder
Droste-Hülshoff
Thoma
Dach
Verne
von Arnim
Hägele
Hauff
Humboldt
Karrillon
Reuter
Rousseau
Hagen
Hauptmann
Gautier
Garschin
Damaschke
Defoe
Hebbel
Baudelaire
Descartes
Hegel
Kussmaul
Herder
Wolfram von Eschenbach
Dickens
Schopenhauer
Darwin
Rilke
George
Bronner
Melville
Grimm Jerome
Campe
Horváth
Aristoteles
Bebel
Proust
Bismarck
Vigny
Barlach
Voltaire
Federer
Herodot
Gengenbach
Heine
Storm
Casanova
Tersteegen
Grillparzer
Georgy
Chamberlain
Lessing
Langbein
Gilm
Gryphius
Brentano
Claudius
Schiller
Lafontaine
Strachwitz
Kralik
Iffland
Sokrates
Katharina II. von Rußland
Bellamy
Schilling
Gerstäcker
Raabe
Gibbon
Tschechow
Löns
Hesse
Hoffmann
Gogol
Wilde
Gleim
Vulpius
Luther
Heym
Hofmannsthal
Klee
Hölty
Morgenstern
Roth
Heyse
Klopstock
Kleist
Goedicke
Luxemburg
Puschkin
Homer
Mörike
La Roche
Horaz
Musil
Machiavelli
Kierkegaard
Kraft
Kraus
Navarra Aurel
Musset
Moltke
Nestroy
Marie de France
Lamprecht
Kind
Kirchhoff
Hugo
Laotse
Ipsen
Liebknecht
Nietzsche
Nansen
Marx
Lassalle
Gorki
Klett
Ringelnatz
von Ossietzky
May
vom Stein
Lawrence
Leibniz
Irving
Petalozzi
Platon
Knigge
Sachs Poe
Pückler
Michelangelo
Kock
Kafka
Liebermann
Korolenko
de Sade Praetorius
Mistral
Zetkin

Der Verlag tredition aus Hamburg veröffentlicht in der Reihe **TREDITION CLASSICS** Werke aus mehr als zwei Jahrtausenden. Diese waren zu einem Großteil vergriffen oder nur noch antiquarisch erhältlich.

Symbolfigur für **TREDITION CLASSICS** ist Johannes Gutenberg (1400 — 1468), der Erfinder des Buchdrucks mit Metalllettern und der Druckerpresse.

Mit der Buchreihe **TREDITION CLASSICS** verfolgt tredition das Ziel, tausende Klassiker der Weltliteratur verschiedener Sprachen wieder als gedruckte Bücher aufzulegen – und das weltweit!

Die Buchreihe dient zur Bewahrung der Literatur und Förderung der Kultur. Sie trägt so dazu bei, dass viele tausend Werke nicht in Vergessenheit geraten.

Der höhere Frieden.

Wenn sich auf des Krieges Donnerwagen
Menschen waffnen, auf der Zwietracht Ruf,
Menschen, die im Busen Herzen tragen,
Herzen, die der Gott der Liebe schuf:

Denk' ich, können sie doch mir nichts rauben,
Nicht den Frieden, der sich selbst bewährt,
Nicht die Unschuld, nicht an Gott den Glauben,
Der dem Hasse, wie dem Schrecken wehrt;

Nicht des Ahorns dunkelm Schatten wehren,
Daß er mich im Weizenfeld erquickt,
Und das Lied der Nachtigall nicht stören,
Die den stillen Busen mir entzückt.

An Wilhelmine.

Nicht aus des Herzens bloßem Wunsche keimt
Des Glückes schöne Götterpflanze auf.
Der Mensch soll mit der Mühe Pflugschar sich
Des Schicksals harten Boden öffnen, soll
Des Glückes Erntetag sich selbst bereiten
Und Taten in die offnen Furchen streun.
Er soll des Glückes heil'gen Tempel sich
Nicht mit Hermeos' Caduceus öffnen,
Nicht wie ein Nabob seinen trägen Arm
Nach der Erfüllung jedes Wunsches strecken.
Er soll mit etwas den Genuß erkaufen,
Wär's auch mit des Genusses Sehnsucht nur.

Nicht vor den Bogen tritt der Hirsch und wendet
Die Scheibe seiner Brust dem Pfeile zu;
Der Jäger muß in Feld und Wald ihn suchen,
Wenn er daheim mit Beute kehren will;
Er muß mit jedem Halme sich beraten,
Ob er des Hirsches leichte Schenkel trug,
An jedes Baums entreis'tem Aste prüfen,

Ob ihn sein königlich Geweih berührt;
Er muß die Spur durch Tal und Berg verfolgen,
Sich rastlos durch des Moors Gesträuppe drehn,
Sich auf des Felsens Gipfel schwingen, sich
Hinab in tiefer Schlünde Absturz stürzen,
Bis in der Wildnis dickster Mitternacht
Er kraftlos neben seiner Beute sinkt.

Der Schwalbe Nest hangt an des Knaben Hütte,
Allein die leichte Beute reizt ihn nicht:
Er will des Adlers königliche Brut,
Die in der Eiche hohem Wipfel thront!
Denn das Erworbne – wär's mit einem Tropfen Schweiß
Auch nur erworben – ist uns mehr als das
Gefundne wert. Den wir mit unsers Lebens

Gefahr erretteten, der ist uns teuer,
So wie dem Araber der teuer ist,
Dem er ein Stück von seinem Brote gab.

Am Ufer glänzt die helle Perlemutter
Und des Achats buntfarbiges Gestein;
Allein der Perlenfischer achtet
Nicht, was die Erde bietet, stürzt
Sich lieber in des Meeres Wogen, senkt
Sich nieder in die dunkle Tiefe und
Kehrt, stolzer als der Bergmann mit dem Golde,
Mit einer Auster blassem Schleim zurück.

Den Bergmann soll die Wünschelrute nicht
Mit blindem Glück an goldne Schätze führen;
Er soll durch Erd' und Stein sich einen Weg
Bis zu des Erzes edlem Gange bahnen,
Damit er an dem Körnchen Gold, das er
Mit Schweiß erwarb, sich mehr als an dem Schatze,
Den ihm die Wünschelrute zeigt, erfreue.

Des Künstlers Meißel übt sich an Kristallen,
Die schon von selbst mit Farben spielen, nicht;
Er übt sich an dem rohen Kiesel, den
Des Knaben Fußtritt nicht verschonte, wühlet
Sich durch die Rinde, lockt den Feuerfunken,
Der in des Kiesels kaltem Busen schlummert,
In tausend Blitzen aus dem Stein hervor
Und schmückt mit ihm der Herrscher Diadem.

Nicht zu dem Schiffer schwimmet aus der Ferne
Des Indiers goldner Ueberfluß heran;
Er muß auf ungewissen Brettern sich
Dem trügerischen Meere anvertraun,
Er muß der Sandbank hohe Fläche meiden,
Der Klippe spitzgeschliffnen Dolch umgehn,
Sich mühsam durch der Meere Strudel winden,
Mit Stürmen kämpfen, sich mit Wogen schlagen,
Bis ihn der Küste sichrer Port empfängt.

Auch zu der Liebe schwimmt nicht stets das Glück,
Wie zu dem Kaufmann nicht der Indus schwimmt;
Sie muß sich ruhig in des Lebens Schiff
Des Schicksals wildem Meere anvertraun,
Dem Wind des Zufalls seine Segel öffnen,
Es an der Hoffnung Steuerruder lenken
Und, stürmt es, vor der Treue Anker gehn;
Sie muß des Wankelmutes Sandbank meiden,
Geschickt des Mißtrauns spitzen Fels umgehn
Und mit des Schicksals wilden Wogen kämpfen,
Bis in des Glückes sichern Port sie läuft.

Der Schrecken im Bade.

Eine Idylle.

Johanna. Klug doch, von List durchtrieben ist die Gre-
te,
Wie kein' im Dorf mehr! »Mütterchen,« so spricht sie.
Und gleich, als scheute sie den Duft der Nacht,
Knüpft sie ein Tuch geschäftig sich ums Kinn:
»Laß doch die Pforte mir, die hintre, offen;
Denn in der Hürd' ein Lamm erkrankte mir,
Dem ich Lavendelöl noch reichen muß.«
Und, husch! statt nach der Hürde, die Verrätrin,
Drückt sie zum Seegestade sich hinab. –
Nun, heiß, fürwahr, als sollt' er Ernten reifen,
War dieser Tag des Mais, und Blumen gleich
Fühlt jedes Glied des Menschen sich erschlafft. –
Wie schön die Nacht ist! Wie die Landschaft rings
Im milden Schein des Mundes still erglänzt!
Wie sich der Alpen Gipfel umgekehrt
In den kristallnen See danieder tauchen!
Wenn das die Gletscher tun, ihr guten Götter,
Was soll der arme herzdurchglühte Mensch?
Ach! wenn es nur die Sitte mir erlaubte,
Vom Ufer sank' ich selbst herab und wälzte
Wollüstig wie ein Hecht, mich in der Flut!

Margarete. Fritz! – Faßt nicht Schrecken, wie des Todes,
mich!
– Fritz, sag' ich, noch einmal: Maria – Joseph!
Wer schwatzt dort in der Fliederhecke mir?
– Seltsam, wie hier die Silberpappel flüstert!
»Husch« und »Lavendelöl« und »Hecht« und »Sitte«,
Als ob's von seinen roten Lippen käme!
Fern im Gebirge steht der Fritz und lauert
Dem Hirsch auf, der uns jüngst den Mais zerwühlte:
Doch hätt' ich nicht die Büchs' ihn greifen sehen,
Ich hätte schwören mögen, daß er's war.

Johanna. Gewiß! Diana, die mir unterm Spiegel,
Der Keuschheit Göttin, prangt im goldnen Rahm;
Die Hunde liegen lechzend ihr zur Seite,
Und Pfeil und Bogen gibt sie, jagdermüdet,
Den jungen Nymphen hin, die sie umstehn:
Sie wählte sich, der Glieder Duft zu frischen,
Verständiger den Grottenquell nicht aus.
Hier hätt' Aktäon sie, der Menschen ärmster,
Niemals entdeckt, und seine junge Stirn
War' ungehörnt bis auf den heut'gen Tag.
Wie einfam hier der See den Felsen klatscht!
Und wie die Ulme, hoch vom Felsen her,
Sich niederbeugt, von Schleh umrangt und Flieder,
Als hätt' ein Eifersücht'ger sie verwebt,
Daß selbst der Mond mein Gretchen nicht und nicht,
Wie schön sie Gott der Herr erschuf, kann sehn!

Margarete. Fritz!

Johanna. Was begehrt mein Schatz?

Margarete. Abscheulicher!

Johanna. O Himmel, wie die Ente taucht! O, seht doch,
Wie das Gewässer heftig, mit Gestrudel,
Sich über ihren Kopf zusammenschließt!
Nichts als das Haar, vom seidnen Band umwunden,
Schwimmt, mit den Spitzen glänzend, oben hin!
In Halle sah ich drei Halloren tauchen;
Doch das ist nichts, seit ich die Ratz' erblickt!
Ei, Mädel! Du erstickst ja, Margarete!

Margarete. Hilf! Rette! Gott, mein Vater!

Johanna. Nun? was gibt's? –

Ward, seit die Welt steht, so etwas erlebt!
Fritz ist's, so schau doch her, der junge Jäger,
Der morgen dich, du weißt, zur Kirche führet! –

Umsonst! Sie geht schon wieder in den Grund!
Wenn wiederum die Nacht sinkt, kenn' ich sie
Auswendig, bis zur Sohl' herab, daß ich's
Ihr mit geschloßnem Aug' beschreiben werde;
Und heut, von ungefähr belauscht im Bade,
Tut sie, als wollte sie den Schleier nehmen
Und nie erschaut von Männeraugen sein!

Margarete. Unsittlicher! Pfui, Häßlicher!

Johanna. Nun endlich!
In dein Geschick doch endlich fügst du dich.
Du setzest dich, wo rein der Kiesgrund dir
Dem Golde gleich erglänzt, und hältst mir still.
Wovor, mein Herzenskind, auch bebtest du?
Der See ist dir, der weite, strahlende,
Ein Mantel in der Tat, so züchtiglich
Als jener samtene, verbrämt mit Gold,
Mit dem du Sonntags in der Kirch' erscheinst.

Margarete. Fritz, liebster aller Menschen, hör' mich an:
Willst du mich morgen noch zur Kirche führen?

Johanna. Ob ich das will?

Margarete. Gewiß? begehrst du das?

Johanna. Ei, allerdings! Die Glock' ist ja bestellt.

Margarete. Nun sieh, so fleh' ich, kehr' dein Antlitz
weg!
Geh gleich vom Ufer, schleunig, augenblicklich!
Laß mich allein!

Johanna. Ach, wie die Schultern glänzen!
Ach, Wie die Knie', als sah' ich sie im Traum,
Hervorgehn schimmernd, wenn die Welle flieht!
Ach, wie das Paar der Händchen, festverschränkt,

Das ganze Kind, als wär's aus Wachs gegossen,
Mir auf dem Kiesgrund schwebend aufrecht halten!

Margarete. Nun denn, so mag die Jungfrau mir ver-
zeihn!

Johanna. Du steigst heraus? Ach, Gretchen! Du er-
schreckst mich!
Hier an den Erlstamm drück' ich das Gesicht
Und obendrein noch fest die Augen zu.
Denn alles, traun, auf Erden möcht' ich lieber,
Als mein geliebtes Herzenskind erzürnen.
Geschwind, geschwind! Das Hemdchen – hier! da liegt
es!
Das Röckchen jetzt, das blaugekantete!
Die Strümpfe auch, die seidnen, und die Bänder,
Worin ein flammend Herz verzeichnet ist!
– Auch noch das Tuch? Nun, Gretchen, bist du fertig?
Kann ich mich wenden, Kind?

Margarete. Schamloser, du!
Geh hin und suche für dein Bett dir morgen,
Welch eine Dirn' im Orte dir gefällt!
Mich, wahrlich, wirst du nicht zur Kirche führen!
Denn wisse: wessen Aug' mich nackt gesehn,
Sieht weder nackt mich noch bekleidet wieder!

Johanna. Gott, Herr, mein Vater, in so großer Not
Bleibt auf der Welt zum Trost mir nichts als *eines*;
Denn in das Brautbett morgen möcht' ich wohl,
Was leugnet' ich's! doch, Herzchen, wiß' auch du:
In Sigismunds, des Großknechts, nicht in deins.

Margarete. Was sagst du?

Johanna. Was?

Margarete. Sieh da, die Schäkerin!
Johanna ist's, die Magd, in Fritzens Röcken!

Und äfft, in eines Flieders Busch gesteckt,
Mit Fritzens rauher Männerstimme mich!

Johanna. Ha, ha, ha, ha!

Margarete. Das hätt' ich wissen sollen!
Das hätte mir, als ich im Wasser lag,
Der kleine Finger jückend sagen sollen!
So hätt' ich, als du sprachst: »Ei sieh, die Nixe!
Wie sie sich wälzet!« Und: »Was meinst du, Kind,
Soll ich herab zu dir vom Ufer sinken?«
Gesagt: »Komm her, mein lieber Fritz, warum nicht?
Der Tag war heiß, erfrischend ist das Bad,
Und auch an Platz für beide fehlt es nicht;«
Daß du zu schanden wärst, du Unverschämte,
An mir, die dreimal Aergere, geworden!

Johanna. So! das wär' schön gewesen! Ein züchtig
Mädchen, wisse,
Soll über solche Dinge niemals scherzen;
So lehrt es irgendwo ein schwarzes Buch. –
Doch jetzt das Mieder her! ich will's dir senkeln,
Daß er im Ernst uns nicht, indes wir scherzen,
Fritz hier, der Jäger, lauschend überrasche.
Denn auf dem Rückweg schleicht er hier vorbei;
Und schade wär' es doch -- nicht wahr, mein Gretchen?
–
Müßt er dich auch geschnürt nie wieder sehn.

Die beiden Tauben.

Eine Fabel nach Lafontaine.

Zwei Täubchen liebten sich mit zarter Liebe.
Jedoch, der weichen Ruhe überdrüssig,
Ersann der Tauber eine Reise sich.
Die Taube rief: »Was unternimmst du, Lieber?
Von mir willst du, der süßen Freundin, scheiden:
Der Uebel größtes, ist's die Trennung nicht?
Für dich nicht, leider, Unempfindlicher!
Denn selbst nicht Mühen können und Gefahren,
Die schreckenden, an diese Brust dich fesseln.
Ja, wenn die Jahrszeit freundlicher dir wäre!
Doch bei des Winters immer regen Stürmen
Dich in das Meer hinaus der Lüfte wagen!
Erwarte mindestens den Lenz! Was treibt dich?
Ein Rab' auch, der den Himmelsplan durchschweifte,
Schien mir ein Unglück anzukündigen.
Ach, nichts als Unheil zitternd werd' ich träumen
Und nur das Netz stets und den Falken sehn.
Jetzt ruf' ich aus, jetzt stürmt's: mein süßer Liebling,
Hat er jetzt alles auch, was er bedarf,
Schutz und die goldne Nahrung, die er braucht,
Weich auch und warm ein Lager für die Nacht
Und alles Weitre, was dazu gehört?« –
Dies Wort bewegte einen Augenblick
Den raschen Vorsatz unsers jungen Toren;
Doch die Begierde trug, die Welt zu sehn,
Und das unruh'ge Herz den Sieg davon.
Er sagte: »Weine nicht! Zwei kurze Monden
Befriedigen jedweden Wunsch in mir.
Ich kehre wieder, Liebchen, um ein Kleines,
Jedwedes Abenteuer, Zug vor Zug,
Das mir begegnete, dir mitzuteilen.
Es wird dich unterhalten, glaube mir!
Ach, wer nichts sieht, kann wenig auch erzählen.
Hier, wird es heißen, war ich; dies erlebt' ich;

Dort auch hat mich die Reise hingeführt;
Und du, im süßen Wahnsinn der Gedanken,
Ein Zeuge dessen wähnen wirst du dich.« –
Kurz, dies und mehr des Trostes zart erfindend,
Küßt er – und unterdrückt, was sich ihm regt –
Das Täubchen, das die Flügel niederhängt,
Und fleucht. –

Und aus des Horizontes Tiefe
Steigt mitternächtliches Gewölk empor,
Gewitterregen häufig niedersendend.
Ergrimmte Winde brechen los: der Tauber
Kreucht untern ersten Strauch, der sich ihm beut.
Und während er, von stiller Oed' umrauscht,
Die Flut von den durchweichten Federn schüttelt,
Die strömende, und seufzend um sich blickt,
Denkt er, nach Wandrerart, sich zu zerstreun,
Des blonden Täubchens heim, das er verließ,
Und sieht erst jetzt, wie sie beim Abschied schweigend
Das Köpfchen niederhing, die Flügel senkte,
Den weißen Schoß mit stillen Tränen netzend;
Und selbst, was seine Brust noch nie empfand,
Ein Tropfen, groß und glänzend, steigt ihm auf.
Getrocknet doch, beim ersten Sonnenstrahl,
So Aug' wie Leib, setzt er die Reise fort
Und kehrt, wohin ein Freund ihn warm empfohlen,
In eines Städters reiche Wohnung ein.
Von Moos und duft'gen Kräutern zubereitet
Wird ihm ein Nest, an Nahrung fehlt es nicht,
Viel Höflichkeit, um dessen, der ihn sandte,
Wird ihm zuteil, viel Güt' und Artigkeit:
Der lieblichen Gefühle keins für sich.
Und sieht die Pracht der Welt und Herrlichkeiten,
Die schimmernden, die ihm der Ruhm genannt,
Und kennt nun alles, was sie Würd'ges beut,
Und fühlt' unsel'ger sich als je, der Arme,
Und steht, in Oeden steht man öder nicht,
Umringt von allen ihren Freuden, da
Und fleucht, das Paar der Flügel emsig regend,

Unausgesetzt, auf keinen Turm mehr achtend,
Zum Täubchen hin und sinkt zu Füßen ihr
Und schluchzt in endlos heftiger Bewegung
Und küsset sie und weiß ihr nichts zu sagen –
Ihr, die sein armes Herz auch wohl versteht!

Ihr Sel'gen, die ihr liebt, ihr wollt verreisen?
O, laßt es in die nächste Grotte sein!
Seid euch die Welt einander selbst und achtet
Nicht eines Wunsches wert das übrige!
Ich auch, das Herz einst eures Dichters, liebte:
Ich hätte nicht um Rom und seine Tempel,
Nicht um des Firmamentes Prachtgebäude
Des lieben Mädchens Laube hingetauscht!
Wann kehrt ihr wieder, o ihr Augenblicke,
Die ihr dem Leben einz'gen Glanz erteilt?
So viele jungen, lieblichen Gestalten,
Mit unempfundnem Zauber sollen sie
An mir vorübergehn? Ach, dieses Herz!
Wenn es doch einmal noch erwarmen könnte!
Hat keine Schönheit einen Reiz mehr, der
Mich rührt? Ist sie entflohn, die Zeit der Liebe – ?

Der Engel am Grabe des Herrn.

Als still und kalt mit sieben Todeswunden
Der Herr in seinem Grabe lag; das Grab
Als sollt' es zehn lebend'ge Riesen fesseln,
In eine Felskluft schmetternd eingehauen:
Gewälzet mit der Männer Kraft, verschloß
Ein Sandstein, der Bestechung taub, die Türe;
Rings war des Landvogts Siegel aufgedrückt:
Es hätte der Gedanke selber nicht
Der Höhle unbemerkt entschlüpfen können;
Und gleichwohl noch, als ob zu fürchten sei,
Es könn' auch der Granitblock sich bekehren,
Ging eine Schar von Hütern auf und ab
Und starrte nach des Siegels Bildern hin.
Da kamen bei des Morgens Strahl,
Des ew'gen Glaubens voll, die drei Marien her,
Zu sehn, ob Jesus noch darinnen sei;
Denn er, versprochen hatt' er ihnen,
Er werd' am dritten Tage auferstehn.
Da nun die Fraun, die gläubigen, sich nahten
Der Grabeshöhle: was erblickten sie?
Die Hüter, die das Grab bewachen sollten,
Gestürzt, das Angesicht in Staub,
Wie Tote um den Felsen lagen sie;
Der Stein war weit hinweggewälzt vom Eingang;
Und auf dem Rande saß, das Flügelpaar noch regend,
Ein Engel, wie der Blitz erscheint,
Und sein Gewand so weiß wie junger Schnee.
Da stürzten sie, wie Leichen, selbst getroffen
Zu Boden hin und fühlten sich wie Staub
Und meinten gleich im Glanze zu vergehn;
Doch er, er sprach, der Cherub: »Fürchtet nicht!
Ihr suchet Jesum, den Gekreuzigten –
Der aber ist nicht hier, er ist erstanden;
Kommt her und schaut die öde Stätte an!«
Und fuhr, als sie mit hocherhobnen Händen
Sprachlos die Grabesstätte leer erschaut,

In seiner hehren Milde also fort:
»Geht hin, ihr Fraun, und kündigt es nunmehr
Den Jüngern an, die er sich auserkoren,
Daß sie es allen Erdenvölkern lehren
Und tun also, wie er getan!« – und schwand.

Zur Eröffnung des Phöbus.

Prolog.

Wettre hinein, o du mit deinen flammenden Rossen,
   Phöbus, Bringer des Tags, in den unendlichen
Raum!
Gib den Horen dich hin! Nicht um dich, neben, noch
rückwärts,
   Vorwärts wende den Blick, wo das Geschwader sich
regt!
Donnr' einher, gleichviel ob über die Länder der Men-
schen,
   Achtlos, welchem du steigst, welchem Geschlecht
du versinkst!
Hier jetzt lenke, jetzt dort, so wie die Faust sich dir stel-
let,
   Weil die Kraft dich, der Kraft spielende Uebung er-
freut.
Fehlen nicht wirst du, du triffst; es ist der Tanz um die
Erde,
   Und auch vom Wartturm entdeckt unten ein Späher
das Maß.

Epilog.

Ruhig, ruhig! nur sacht! das saust ja, Kronion, als woll-
ten
   Lenker und Wagen und Roß stürzend einschmet-
tern zu Staub!
Niemand, ersuch' ich, übergeprescht! Wir lieben die
Fahrt schon
   Munter gestellt; doch es sind Häls' uns und Beine
uns lieb.
Dir fehlt nichts als hinten der Schweif; auf der Warte
zum mindsten

Weiß noch versammelt die Zunft nicht, wo das aus
will, wo ein.
Führ' in die Ställ', ich bitte dich sehr, und laß jetzt ver-
schnaufen,
Daß wir erwägen zu Nacht, was wir gehört und gesehn.

Weit noch ist, die vorliegt, die Bahn, und mit Wasser, o
Phöbus,
Was du den Rossen auch gibst, kochst du zuletzt
doch wie wir.
Dich auch seh' ich noch schrittweis einher die prusten-
den führen,
Und nicht immer, beim Zeus, sticht sie der Haber
wie heut.

Gleich und ungleich.

Eine Legende nach Hans Sachs.

1

Der Herr, als er auf Erden noch einherging,
Kam mit Sankt Peter einst an einen Scheideweg
Und fragte, unbekannt des Landes,
Das er durchstreifte, einen Bauersknecht,
Der faul, da, wo der Rain sich spaltete, gestreckt
In eines Birnbaums Schatten lag:
Was für ein Weg nach Jericho ihn führe?
Der Kerl, die Männer nicht beachtend,
Verdrießlich, sich zu regen, hob ein Bein,
Zeigt auf ein Haus im Feld und gähnt' und sprach: »Da
unten!«
Zerrt sich die Mütze übers Ohr zurecht,
Kehrt sich und schnarcht schon wieder ein.
Die Männer drauf, wohin das Bein gewiesen,
Gehn ihre Straße fort; jedoch nicht lange währt's,
Von Menschen leer, wie sie das Haus befinden,
Sind sie im Land schon wieder irr.
Da steht im heißen Strahl der Mittagssonne,
Bedeckt von Aehren, eine Magd,
Die schneidet frisch und wacker Korn;
Der Schweiß rollt ihr vom Angesicht herab.
Der Herr, nachdem er sich gefällig drob ergangen,
Kehrt also sich mit Freundlichkeit zu ihr:
»Mein Töchterchen, gehn wir auch recht,
So wie wir stehn, den Weg nach Jericho?«
Die Magd antwortet flink: »Ei, Herr!
Da seid ihr weit vom Wege irr gegangen;
Dort hinterm Walde liegt der Turm von Jericho;
Kommt her, ich will den Weg Euch zeigen.«

---

1 Diese Legende sowohl wie die folgende erschien zuerst in den »Berliner
Abendblättern«.

Und legt die Sichel weg und führt geschickt und emsig
Durch Aecker, die der Rain durchschneidet,
Die Männer auf die rechte Straße hin,
Zeigt noch, wo schon der Turm von Jericho erglänzet,
Grüßt sie und eilt zurücke wieder,
Auf daß sie schneid' in Rüstigkeit und raffe,
Von Schweiß betrieft, im Weizenfelde,
So nach wie vor.
Sankt Peter spricht: »O Meister mein!
Ich bitte dich, um deiner Güte willen,
Du wollest dieser Maid die Tat der Liebe lohnen
Und flink und wacker, wie sie ist,
Ihr einen Mann, flink auch und wacker, schenken,« –
»Die Maid,« versetzt der Herr voll Ernst,
»Die soll den faulen Schelmen nehmen,
Den wir am Scheideweg im Birnbaumsschatten trafen;
Also beschloß ich's gleich im Herzen,
Als ich im Weizenfeld sie sah.«
Sankt Peter spricht: «Nein, Herr, das wolle Gott verhü-
ten!
Das wär' ja ewig schad' um sie,
Müßt' all ihr Schweiß und Müh' verloren gehn.
Laß einen Mann, ihr ähnlicher, sie finden,
Auf daß sich, wie sie wünscht, hoch bis zum Giebel ihr
Der Reichtum in der Tenne fülle!«
Der Herr antwortet, mild den Sanktus strafend:
»O Petre, das verstehst du nicht.
Der Schelm, der kann doch nicht zur Höllen fahren.
Die Maid auch, frischen Lebens voll,
Die könnte leicht zu stolz und üppig werden.
Drum, wo die Schwinge sich ihr allzu flüchtig regt,
Henk' ich ihr ein Gewichtlein an,
Auf daß sie's beide im Maße treffen
Und fröhlich, wenn es ruft, hinkommen, er wie sie,
Wo ich sie alle gern versammeln möchte.«

Der Welt Lauf.

Eine Legende nach Hans Sachs.

Der Herr und Petrus oft, in ihrer Liebe beide,
Begegneten im Streite sich,
Wenn von der Menschen Heil die Rede war;
Und dieser nannte zwar die Gnade Gottes groß,
Doch wär' *er* Herr der Welt, meint er,
Würd' er sich ihrer mehr erbarmen.
Da trat zu einer Zeit, als längst in beider Herzen
Der Streit vergessen schien und just,
Um welcher Ursach weiß ich nicht,
Der Himmel oben auch voll Wolken hing,
Der Sanktus mißgestimmt den Heiland an und sprach:
»Herr, laß auf eine Handvoll Zeit
Mich aus dem Himmelreich auf Erden niederfahren,
Daß ich des Unmuts, der mich griff,
Vergeh und mich einmal, von Sorgen frei, ergötze,
Weil es jetzt grad' vor Fastnacht ist.«
Der Herr, des Streits noch sinnig eingedenk,
Spricht: »Gut; acht Tag' geb ich dir Zeit,
Der Feier, die mir dort beginnt, dich beizumischen;
Jedoch sobald das Fest vorbei,
Kommst du mir zu gesetzter Stunde wieder.«
Acht volle Tage doch, zwei Wochen schon und mehr,
Ein abgezählter Mond vergeht,
Bevor der Sankt zum Himmel wiederkehrt.
»Ei, Petre,« spricht der Herr, »wo weiltest du so lange?
Gefiel's auch nieden dir so wohl?«
Der Sanktus, mit noch schwerem Kopfe, spricht:
»Ach, Herr! Das war ein Jubel unten –!
Der Himmel selbst beseliget nicht besser.
Die Ernte, reich, du weißt, wie keine je gewesen,
Gab alles, was das Herz nur wünscht,
Getreide, weiß und süß, Most, sag' ich dir, wie Honig,
Fleisch fett, dem Speck gleich, von der Brust des Rindes;

Kurz, von der Erde jeglichem Erzeugnis
Zum Brechen alle Tafeln voll.
Da ließ ich's schier zu wohl mir sein
Und hätte bald des Himmels gar vergessen.«
Der Herr erwidert: »Gut! Doch, Petre, sag' mir an,
Bei soviel Segen, den ich ausgeschüttet,
Hat man auch dankbar mein gedacht?
Sahst du die Kirchen auch von Menschen voll?« –
Der Sankt, bestürzt hierauf, nachdem er sich besonnen:
»O Herr,« spricht er, »bei meiner Liebe,
Den ganzen Fastmond durch, wo ich mich hingewen-
det,
Nicht deinen Namen hört' ich nennen.
Ein einz'ger Mann saß murmelnd in der Kirche;
Der aber war ein Wucherer
Und hatte Korn im Herbst erstanden,
Für Maus' und Ratzen hungrig aufgeschüttet.« –
»Wohlan denn,« spricht der Herr und läßt die Rede fal-
len,
»Petre, so geh! und künft'ges Jahr
Kannst du die Fastnacht wiederum besuchen.«
Doch diesmal war das Fest kaum eingeläutet,
Da kömmt der Sanktus schleichend schon zurück.
Der Herr begegnet ihm am Himmelstor und ruft:
»Ei, Petre! Sieh! Warum so traurig?
Hat's dir auf Erden denn danieden nicht gefallen?« –
»Ach, Herr,« versetzt der Sankt, »seit ich sie nicht ge-
sehn,
Hat sich die Erde ganz verändert.
Da ist's kurzweilig nicht mehr wie vordem,
Rings sieht das Auge nichts als Not und Jammer.
Die Ernte, ascheweiß versengt auf allen Feldern,
Gab für den Hunger nicht, um Brot zu backen,
Viel wen'ger Kuchen für die Luft und Stritzeln.
Und weil der Herbstwind früh der Berge Hang durch-
reist,
War auch an Wein und Most nicht zu gedenken.
Da dacht' ich: was auch sollst du hier?
Und kehrt' ins Himmelreich nur wieder heim.« –

»So!« spricht der Herr; »fürwahr, das tut mir leid!
Doch sag' mir an: gedacht' man mein?«
»Herr, ob man dein gedacht? – Die Wahrheit dir zu sa-
gen,
Als ich durch eine Hauptstadt kam,
Fand ich zur Zeit der Mitternacht
Vom Altarkerzenglanz, durch die Portäle strahlend,
Dir alle Märkt' und Straßen hell;
Die Glöckner zogen, daß die Stränge rissen;
Hoch an den Säulen hingen Knaben
Und hielten ihre Mützen in der Hand.
Kein Mensch, versichr' ich dich, im Weichbild rings zu
sehn
Als einer nur, der eine Schar
Lastträger keuchend von dem Hafen führte:
Der aber war ein Wucherer
Und häufte Korn auf lächelnd, fern erkauft,
Um von des Landes Hunger sich zu mästen.« –
»Nun denn, o Petre,« spricht der Herr,
»Erschaust du jetzo doch den Lauf der Welt!
Jetzt siehst du doch, was du jüngsthin nicht glauben
wolltest,
Daß Güter nicht das Gut des Menschen sind;
Daß mir ihr Heil am Herzen liegt wie dir,
Und daß ich, wenn ich sie mit Not zuweilen plage,
Mich, meiner Liebe treu und meiner Sendung,
Nur ihrer höhren Not erbarme.«

Jünglingsklage.

Winter, so weichst du,
   Lieblicher Greis,
Der die Gefühle
   Ruhigt zu Eis.
Nun unter Frühlings
   Ueppigem Hauch
Schmelzen die Ströme –
   Busen, du auch!

Mädchenrätsel.

Träumt er zur Erde, wen,
  Sagt mir, wen meint er?
Schwillt ihm die Träne, was
  Götter, was weint er?
Bebt er, ihr Schwestern, was,
  Redet, erschrickt ihn?
Jauchzt er, o Himmel, was
  Ist's, was beglückt ihn?

Katharina von Frankreich.

(Als der schwarze Prinz um sie warb.)

Man sollt' ihm Maine und Anjou
    Uebergeben.
Was weiß ich, was er alles
    Mocht' erstreben!
Und jetzt begehrt er nichts mehr
    Als die *eine* –
Ihr Menschen, eine Brust her,
    Daß ich weine!

An S. v. H.

(Als sie die Kamille besungen wissen wollte.)

Das Blümchen, das, dem Tal entblüht,
Dir Ruhe gibt und Stille,
Wenn Krampf dir durch die Nerve glüht,
Das nennst du die Kamille.
Du, die, wenn Krampf das Herz umstrickt,
O Freundin, aus der Fülle
Der Brust mir so viel Stärkung schickt,
Du bist mir die Kamille.

An Franz den Ersten,

Kaiser von Oesterreich.

(Dresden, 1. März 1809.)

O Herr, du trittst, der Welt ein Retter,
    Dem Mordgeist in die Bahn.
Und wie der Sohn der duft'gen Erde
Nur sank, damit er stärker werde,
    Fällst du von neu'm ihn an!

Das kommt aus keines Menschen Busen,
    Auch aus dem deinen nicht;
Das hat, dem ew'gen Licht entsprossen,
Ein Gott dir in die Brust gegossen,
    Den unsre Not besticht!

O, sei getrost! In Klüften irgend
    Wächst dir ein Marmelstein;
Und müßtest du im Kampf auch enden,
So wird's ein anderer vollenden
    Und dem der Lorbeer sein.

Kriegslied der Deutschen.

Zottelbär und Panthertier
    Hat der Pfeil bezwungen,
Nur für Geld im Drahtspalier
    Zeigt man noch die Jungen.

Auf den Wolf, soviel ich weiß,
    Ist ein Preis gesetzet;
Wo er immer hungerheiß
    Geht, wird er gehetzet.

Reineke, der Fuchs, der sitzt
    Lichtscheu in der Erden
Und verzehrt, was er stibitzt,
    Ohne fett zu werden.

Aar und Geier nisten nur
    Auf der Felsen Rücken,
Wo kein Sterblicher die Spur
    In den Sand mag drücken.

Schlangen sieht man gar nicht mehr,
    Ottern und dergleichen
Und der Drachen Greuelheer
    Mit geschwollnen Bäuchen.

Nur der Franzmann zeigt sich noch
    In dem deutschen Reiche;
Brüder, nehmt die Büchse doch,
    Daß er gleichfalls weiche!

An Palafox.

Tritt mir entgegen nicht, soll ich zu Stein nicht starren,
Auf Märkten oder sonst, wo Menschen atmend gehn;
Dich will ich nur am Styx bei marmorweißen Scharen,
Leonidas, Armin und Tell, den Geistern, sehn.

Du Held, der gleich dem Fels, das Haupt erhöht zur
Sonnen,
Den Fuß versenkt in Nacht, des Stromes Wut gewehrt,
Der, stinkend wie die Pest, der Hölle wie entronnen,
Den Bau sechs festlicher Jahrtausende zerstört!

Dir ließ' ich, heiß wie Glut, ein Lied zum Himmel drin-
gen,
Erhabner, hättest du Geringeres getan;
Doch, was der Ebro sah, kann keine Leier singen,
Und in dem Tempel still häng' ich sie wieder an.

An den Erzherzog Karl.

Als der Krieg im März 1809 auszubrechen zögerte.

Schauerlich ins Rad des Weltgeschickes
Greifst du am Entscheidungstage ein,
Und dein Volk lauscht angsterfüllten Blickes,
Welch ein Los ihm wird gefallen sein.

Aber leicht, o Herr, gleich deinem Leben,
Wage du das heil'ge Vaterland!
Sein Panier wirf, wenn die Scharen beben,
In der Feinde dichtsten Lanzenstand!

Nicht der Sieg ist's, den der Deutsche fodert,
Hilflos, wie er schon am Abgrund steht;
Wenn der Kampf nur fackelgleich entlodert,
Wert der Leiche, die zu Grabe geht: –

Mag er dann in finstre Nacht auch sinken
Von dem Gipfel, halb bereits erklimmt,
Herr! die Träne wird noch Dank dir blinken,
Wenn dein Schwert dafür nur Rache nimmt.

Germania an ihre Kinder

1.

Die des Maines Regionen,
    Die der Elbe heitre Au'n,
Die der Donau Strand bewohnen,
    Die das Odertal bebaun,
Aus des Rheines Laubensitzen,
    Von dem duft'gen Mittelmeer,
Von der Riesenberge Spitzen,
    Von der Ost- und Nordsee her!

Chor.

    Horchet! – Durch die Nacht, ihr Brüder,
    Welch ein Donnerruf hernieder?
        Stehst du auf, Germania?
        Ist der Tag der Rache da?

2.

Deutsche, mut'ger Kinder Reigen,
    Die, mit Schmerz und Lust geküßt,
In den Schoß mir kletternd steigen,
    Die mein Mutterarm umschließt,
Meines Busens Schutz und Schirmer,
    Unbesiegtes Marsenblut,
Enkel der Kohortenstürmer,
    Römerüberwinderbrut!

Chor.

Zu den Waffen, zu den Waffen!
Was die Hände blindlings raffen!
Mit dem Spieße, mit dem Stab
Strömt ins Tal der Schlacht hinab!

3.

Wie der Schnee aus Felsenrissen,
   Wie auf ew'ger Alpen Höh'n
Unter Frühlings heißen Küssen
   Siedend auf die Gletscher gehn:
Katarakten stürzen nieder,
   Wald und Fels folgt ihrer Bahn,
Das Gebirg hallt donnernd wider,
   Fluren sind ein Ozean –

Chor.

   So verlaßt, voran der Kaiser,
   Eure Hütten, eure Häuser,
      Schäumt, ein uferloses Meer,
      Ueber diese Franken her!

4.

Der Gewerbsmann, der den Hügeln
   Mit der Fracht entgegenzeucht,
Der Gelehrte, der auf Flügeln
   Der Gestirne Saum erreicht,
Schweißbedeckt das Volk der Schnitter,
   Das die Fluren niedermäht,
Und vom Fels herab der Ritter,
   Der, sein Cherub, auf ihm steht –

Chor.

Wer in unzählbaren Wunden
Jener Fremden Hohn empfunden,
    Brüder, wer ein deutscher Mann,
    Schließe diesem Kampf sich an!

5.

Alle Triften, alle Stätten
    Färbt mit ihren Knochen weiß;
Welchen Rab' und Fuchs verschmähten,
    Gebet ihn den Fischen preis;
Dämmt den Rhein mit ihren Leichen,
    Laßt, gestäuft von ihrem Bein,
Schäumend um die Pfalz ihn weichen
    Und ihn dann die Grenze sein!

Chor.

    Eine Lustjagd, wie wenn Schützen
    Auf die Spur dem Wolfe sitzen!
      Schlagt ihn tot! das Weltgericht
      Fragt euch nach den Gründen nicht!

6.

Nicht die Flur ist's, die zertreten
    Unter ihren Rossen sinkt;
Nicht der Mond, der in den Städten
    Aus den öden Fenstern blinkt;^
Nicht das Weib, das mit Gewimmer
    Ihrem Todeskuß erliegt

Und zum Lohn beim Morgenschimmer
Auf den Schutt der Vorstadt fliegt!

Chor.

Das Geschehne sei vergessen!
Reue mög' euch ewig pressen!
Höh'rem als der Erde Gut
Schwillt an diesem Tag das Blut!

7.

Rettung von dem Joch der Knechte,
Das, aus Eisenerz geprägt,
Eines Höllensohnes Rechte
Ueber unsern Nacken legt!
Schutz den Tempeln vor Verheerung!
Unsrer Fürsten heil'gem Blut
Unterwerfung und Verehrung!
Gift und Dolch der Afterbrut!

Chor.

Frei auf deutschem Grunde walten
Laßt uns nach dem Brauch der Alten,
Seines Segens selbst uns freun
Oder unser Grab ihn sein!

An die Königin Luise von Preußen.

Zur Feier ihres Geburtstages, den 10, März 1810.

Du, die das Unglück mit der Grazie Schritten
Auf jungen Schultern herrlich jüngsthin trug,
Wie wunderbar ist meine Brust verwirrt
In diesem Augenblick, da ich auf Knieen,
Um dich zu segnen, vor dir niedersinke.
Ich soll dir ungetrübte Tag' erflehn,
Dir, die, der hohen Himmelssonne gleich,
In voller Pracht erst strahlt und Herrlichkeit,
Wenn sie durch finstre Wetterwolken bricht.
O du, die aus dem Kampf empörter Zeit
Die einz'ge Siegerin hervorgegangen:
Was für ein Wort, dein würdig, sag' ich dir?
So zieht ein Cherub mit gespreizten Flügeln
Zur Nachtzeit durch die Luft, und auf den Rücken
Geworfen, staunen ihn, von Glanz geblendet,
Der Welt betroffene Geschlechter an.
Wir alle mögen, Hoh' und Niedere,
Von der Ruine unsres Glücks umgeben,
Gebeugt von Schmerz, die Himmlischen verklagen:
Doch du, Erhabne, du darfst es nicht!
Denn eine Glorie, in jenen Nächten,
Umglänzte deine Stirn, von der die Welt
Am lichten Tag der Freude nichts geahnt;
Wir sahn dich Anmut endlos niederregnen –
Daß du so groß als schön warst, war uns fremd!
Viel Blumen blühen in dem Schoß der Deinen
Noch deinem Gurt zum Strauß, und du bist's wert;
Doch eine schönre Palm' erringst du nicht!
Und würde dir durch einen Schluß der Zeiten
Die Krone auch der Welt: die goldenste,
Die dich zur Königin der Erde macht,
Hat still die Tugend schon dir aufgedrückt.
Sei lange, Teure, noch des Landes Stolz

Durch frohe Jahre, wie durch frohe Jahre
Du seine Lust und sein Entzücken warst!

An die Königin von Preuße.

Sonett.

Erwäg' ich, wie in jenen Schreckenstagen
Still deine Brust verschlossen, was sie litt,
Wie du das Unglück mit der Grazie Tritt
Auf jungen Schultern herrlich hast getragen,

Wie von des Kriegs zerrißnem Schlachtenwagen
Selbst oft die Schar der Männer zu dir schritt,
Wie trotz der Wunde, die dein Herz durchschnitt,
Du stets der Hoffnung Fahn' uns vorgetragen:

O Herrscherin, die Zeit dann möcht' ich segnen!
Wir sahn dich Anmut endlos niederregnen –
Wie groß du warst, das ahndeten wir nicht!

Dein Haupt scheint wie von Strahlen mir um-
schimmert;
Du bist der Stern, der voller Pracht erst flimmert,
Wenn er durch finstre Wetterwolken bricht!

---

2 Umarbeitung des vorhergehenden Gedichts.

An den König von Preußen.

Zur Feier seines Einzugs in Berlin.

Was blickst du doch zu Boden schweigend nieder,
Durch ein Portal siegprangend eingeführt?
Du wendest dich, begrüßt vom Schall der Lieder,
Und deine starke Brust, sie scheint gerührt.
Blick' auf, o Herr! Du kehrst als Sieger wieder,
Wie hoch auch jener Cäsar triumphiert:
Ihm ist die Schar der Götter zugefallen,
Jedoch den Menschen hast du Wohlgefallen.

Du hast ihn treu, den Kampf, als Held getragen,
Dem du um nicht'gen Ruhm dich nicht geweiht,
Du hättest noch in den Entscheidungstagen
Der höchsten Friedensopfer keins gescheut.
Die schönste Tugend – laß mich's kühn dir sagen! –
Hat mit dem Glück des Krieges dich entzweit:
Du brauchtest Wahrheit weniger zu lieben,
Und Sieger wärst du auf dem Schlachtfeld blieben.

Laß denn zerknickt die Saat von Waffenstürmen,
Die Hütten laß ein Raub der Flammen sein!
Du hast die Brust geboten, sie zu schirmen:
Dem Lethe wollen wir die Asche weihn.
Und müßt' auch selbst noch auf der Hauptstadt Tür-
men
Der Kampf sich für das heil'ge Recht erneun:
Sie sind gebaut, o Herr, wie hell sie blinken,
Für beßre Güter in den Staub zu sinken.

An den Erzherzog Karl.

Nach der Schlacht bei Aspern, den 21. und 22. Mai 1809.

Hättest du Turenne besiegt,
Der an dem Zügel der Einsicht
Leicht den ehernen Wagen des Kriegs,
Wie ein Mädchen ruhige Rosse, lenkte;
Oder jenen Gustav der Schweden,
Der an dem Tage der Schlacht
Seraphische Streiter zu Hilfe rief;
Oder den Suwarow oder den Soltikow,
Die bei der Drommete Klang
Alle Dämme der Streitlust niedertraten
Und mit Bächen von Blut
Die granitene Bahn des Siegs sich sprengten: –
Siehe, die Jungfraun rief' ich herbei des Landes,
Daß sie zum Kranz den Lorbeer flöchten,
Dir die Scheitel, o Herr, zu krönen!

Aber wen ruf' ich – o Herz, was klopfst du? –
Und wo blüht, an welchem Busen der Mutter,
So erlesen, wie sie aus Eden kam,
Und wo duftet, auf welchem Gipfel,
Unverwelklich, wie er Alciden kränzet,
Jungfrau und Lorbeer, dich, o Karl, zu krönen,
Ueberwinder des Unüberwindlichen!

Das letzte Lied.

3

  Fernab am Horizont, auf Felsenrissen,
Liegt der gewitterschwarze Krieg getürmt;
Die Blitze zucken schon, die Ungewissen,
Der Wandrer sucht das Laubdach, das ihn schirmt;
Und wie ein Strom, geschwellt von Regengüssen,
Aus seines Ufers Bette heulend stürmt,
Kommt das Verderben mit entbundnen Wogen
Auf alles, was besteht, herangezogen.

  Der alten Staaten graues Prachtgerüste
Sinkt donnernd ein, von ihm hinweggespült,
Wie auf der Heide Grund ein Wurmgeniste,
Von einem Knaben scharrend weggewühlt;
Und wo das Leben um der Menschen Brüste
In tausend Lichtern jauchzend hat gespielt,
Ist es so lautlos jetzt wie in den Reichen,
Durch die die Wellen des Cocytus schleichen.

  Und ein Geschlecht, von düsterm Haar umflogen,
Tritt aus der Nacht, das keinen Namen führt,
Das, wie ein Hirngespinst der Mythologen,
Hervor aus der Erschlagnen Knochen stiert;
Das ist geboren nicht und nicht erzogen
Vom alten, das im deutschen Land regiert:
Das läßt in Tönen, wie der Nord an Strömen,
Wenn er im Schilfrohr seufzet, sich vernehmen.

  Und du, o Lied voll unnennbarer Wonnen,
Das das Gefühl so wunderbar erhebt,
Das, einer Himmelsurne wie entronnen,
Zu den entzückten Ohren niederschwebt,
Bei dessen Klang empor ins Reich der Sonnen,

---

3 Mit diesem Gedichte nahm Kleist Abschied von der Psie.

Von allen Banden frei, die Seele strebt:
Dich trifft der Todespfeil; die Parzen winken,
Und stumm ins Grab mußt du daniedersinken.

Ein Götterkind, bekränzt im Jugendreigen,
Wirst du nicht mehr von Land zu Lande ziehn,
Nicht mehr in unsre Tänze niedersteigen,
Nicht hochrot mehr bei unserm Mahl erglühn.
Und nur wo einsam unter Tannenzweigen
Zu Leichensteinen stille Pfade fliehn,
Wird Wanderern, die bei den Toten leben,
Ein Schatten deiner Schön' entgegenschweben.

Und stärker rauscht der Sänger in die Saiten,
Der Töne ganze Macht lockt er hervor,
Er singt die Lust, fürs Vaterland zu streiten,
Und machtlos schlägt sein Ruf an jedes Ohr,
Und wie er flatternd das Panier der Zeiten
Sich näher pflanzen sieht, von Tor zu Tor,
Schließt er sein Lied; er wünscht mit ihm zu enden
Und legt die Leier tränend aus den Händen.

Epigramme.

Erste Reihe.

1. Herr von Goethe.

Siehe, das nenn' ich doch würdig, fürwahr, sich im Alter beschäft'gen!
　　Er zerlegt jetzt den Strahl, den seine Jugend sonst warf.

2. Komödienzettel.

Heute zum erstenmal, mit Vergunst: die Penthesilea,
　　Hundekomödie; Akteurs: Helden und Köter und Fraun.

3. Forderung.

Glaubt ihr, so bin ich euch, was ihr nur wollt, recht nach der Lust Gottes,
　　Schrecklich und lustig und weich; Zweiflern versink' ich zu nichts.

4. Der Kritiker.

»Gottgesandter, sieh da! Wenn du das bist, so *verschaff'* dir
Glauben!« – Der Narr der! Er hört nicht, was ich eben gesagt.

5. Dedikation der Penthesilea.

Zärtlichen Herzen gefühlvoll geweiht! Mit Hunden zer-
reißt sie,
　　Welchen sie liebet, und ißt, Haut dann und Haare,
ihn auf.

6. Verwahrung.

Scheltet, ich bitte, mich nicht! Ich machte, beim delphi-
schen Gotte,
　　Nur die Verse; die Welt nahm ich, ihr wißt's, wie sie
steht.

7. Voltaire.

Lieber! ich auch bin nackt, wie Gott mich erschaffen,
natürlich;
　　Und doch häng' ich mir klug immer ein Mäntelchen
um.

8. Antwort.

Freund, du bist es auch nicht, den nackt zu erschauen
mich jückte;
　　Ziehe mir nur dem Apoll Hosen, ersuch' ich, nicht
an.

9. Der Theater-Bearbeiter der Penthesilea.

Nur die Meute, fürcht' ich, die wird in W ...[4] mit Glück nicht
    Heulen, Lieber; den Lärm setz' ich, vergönn', in Musik.

10. Vokation.

Wärt ihr der Leidenschaft selbst, der gewaltigen, fähig, ich sänge
    Daphne, beim Himmel, und was jüngst auf den Triften geschehn.

11. Archäologischer Einwand.

Aber der Leib war Erz des Achill! Der Tochter des Ares
    Geb' ich zum Essen, beim Styx, nichts als die Ferse nur preis.

12. Rechtfertigung.

Ein Variant, auf Ehre, vergib! Nur ob sie die Schuhe
    Ausgespuckt, fand ich bestimmt in dem Hephästion nicht.

13. A l'ordre du jour!

---

[4] Weimar.

Wunderlichster der Menschen, du! Jetzt spottest du meiner,
    Und wie viel Tränen sind doch still deiner Wimper entflohn!

14. Robert Guiscard, Herzog der Normänner.

Nein, das nenn' ich zu arg! Kaum weicht mit der Toll-wut die eine
    Weg vom Gerüst, so erscheint der gar mit Beulen der Pest.

15. Der Psycholog.

Zuversicht, wie ein Berg so groß, dem Tadel verschanzt sein
Vielverliebt in sich selbst: daran erkenn' ich den Geck.

16. Die Welt und die Weisheit.

Lieber! Die Welt ist nicht so rund wie dein Wissen. An allem,
    Was du mir eben gesagt, kenn' ich den Genius auch.

17. Der Oedip des Sophokles.

Greuel, vor dem die Sonne sich birgt! demselbigen Weibe
    Sohn zugleich und Gemahl, Bruder den Kindern zu seien!

18. Der Areopagus.

Lasset sein mutiges Herz gewähren! Aus der Verwesung
    Reiche locket er gern Blumen der Schönheit hervor.

19. Die Marquise von O ...

Dieser Roman ist nicht für dich, meine Tochter! In Ohnmacht!
    Schamlose Posse! Sie hielt, weiß ich, die Augen bloß zu.

20. An ***

Wenn ich die Brust dir je, o Sensitiva, verletze,
    Nimmermehr dichten will ich: Pest sei und Gift dann mein Lied.

21. Die Susannen.

Euch aber dort, euch kenn' ich! Seht, schreib' ich dies
Wort euch: שׁוֹיאָנג
    Schwarz auf weiß hin: was gilt's? denkt ihr – ich sag' nur nicht, was.

22. Vergebliche Delikatesse.

Richtig! Da gehen sie schon, so wahr ich lebe, und schlagen
  (Hätt' ich's doch gleich nur gesagt!) griechische Lexika nach.

23. Ad vocem.

Zweierlei ist das Geschlecht der Fraun, vielfältig ersprießlich
  Jedem, daß er sie trennt, Dichtern vor allen. Merkt auf!

24. Unterscheidung.

Schauet dort jene! Die will ihre Schönheit in dem, was ich dichte,
Finden; hier diese, die legt ihre, o Jubel, hinein!

Zweite Reihe.

1. Musikalische Einsicht.

An Fr. v. P. ...

a.

Zeno, beschirmt, und Diogen, mich, ihr Weisen! Wie soll ich
Heute tugendhaft sein, da ich die Stimme gehört!

b.

Eine Stimme, der Brust so schlank wie die Zeder ent-
wachsen;
Schöner gewipfelt entblüht keine, Parthenope, dir.

c.

Nun versteh' ich den Platon erst, ihr ironischen Lieder,
Eure Gewalt, und warum Hellas in Fesseln jetzt liegt.

2. Demosthenes an die griechischen Republiken.

Hättet ihr halb nur so viel als jetzo, einander zu stürzen,
Euch zu erhalten, getan: glücklich noch wärt ihr
und frei!

3. Das frühreife Genie.

Nun, das nenn' ich ein frühgereiftes Talent doch: bei
seiner
Eltern Hochzeit bereits hat er den Karmen gemacht.

4. Die Schwierigkeit.

In ein großes Verhältnis, das fand ich oft, ist die Einsicht
Leicht; das Kleinliche ist's, was sich mit Mühe be-
greift.

5. Eine notwendige Berichtigung.

Frauen stünde gelehrt sein nicht? Die Wahrheit zu sagen,
Nützlich ist es: es steht Männern so wenig wie
Frauen.

6. Das Sprachversehen.

Was! Du nimmst sie jetzt nicht, und warst der Dame
versprochen?
Antwort: Lieber, vergib! man verspricht sich ja
wohl.

7. Die Reuige.

Himmel, welch eine Pein sie fühlt! Sie hat so viel Tugend
Immer gesprochen, daß ihr nun kein Verführer
mehr naht.

8. Das Horoskop.

Wehe dir, daß du kein Tor warst jung, da die Grazie dir
Duldung
Noch erflehte! Du wirst, Stax, nun im Alter es sein.

9. Der Aufschluß.

Was dich, fragst du, verdammt, stets mit den Dienern
zu hadern?
  Freund, sie verstehen den Dienst, aber nicht du den
Befehl.

10. Der unbefugte Kritikus.

Ei, welch ein Einfall dir kömmt! Du richtest die Kunst
mir, zu schreiben,
  Ehe du selber die Kunst, Bester, zu lesen, gelernt.

11. Die unverhoffte Wirkung.

Wenn du die Kinder ermahnst, so meinst du, dein Amt
sei erfüllet.
  Weißt du, was sie dadurch lernen? – Ermahnen,
mein Freund.

12. Der Pädagog.

Einen andern stellt er für sich, den Aufbau der Zeiten
  Weiter zu fördern; er selbst führet den Sand nicht
herbei.

13. P... und F...[5]

---

[5] Pestalozzi und Fichte.

Setzet, ihr traft's mit euerer Kunst und erzögt uns die
Jugend
    Nun zu Männern wie ihr: lieben Freunde, was
wär's?

14. Die lebendigen Pflanzen.

An M...,

Eine Mütze, gewaltig und groß, über mehrere Häupter
    Zerrst du und zeigst dann, sie gehn unter denselbi-
gen Hut.

15. Der Bauer, als er aus der Kirche kam.

Ach, wie erwähltet Ihr heut, Herr Pfarr, so erbauliche
Lieder!
    Grade die Nummern, seht her, die ich ins Lotto ge-
setzt.

16. Freundesrat.

Ob du's im Tagbuch anmerkst? Handle! War es was
Böses,
    Fühl' es, o Freund, und vergiß! Gutes? Vergiß es
noch eh'r!

17. Die Schatzgräberin.

Mütterchen, sag', was suchst du im Schutt dort? Sie-
benzig Jahre

Hat dich der Himmel getäuscht, und doch noch
glaubst du an Glück?

18. Die Bestimmung.

Was ich fühle, wie sprecht ich es aus? – Der Mensch ist
doch immer,
   Selbst auch in dem Kreis lieblicher Freunde, allein.

19. Der Bewunderer des Shakespeare.

Narr, du prahlst, ich befried'ge dich nicht! Am Minder-
vollkommnen
   Sich erfreuen zeigt Geist, nicht am Vortrefflichen,
an!

20. Die gefährliche Aufmunterung.

An einen Anonymus in F...

a.

Witzig nennst du mein Epigramm? Nun, weil du so
schön doch
   Auf mich munterst, vernimm denn eine Probe auf
dich!

b.

Schauet ihn an! Da steht er und ficht und stößet den
Lüften

Quarten und Terzen durchs Herz, jubelt und meint,
er trifft *mich*.

c.

Wie er heißet? Ihr fragt mich zu viel. Einen Namen
zwar, glaub' ich,
 Gab ihm der Vater. Der Ruhm? davon verlautete
nichts

Dritte Reihe.

1. Auf einen Denunzianten.

(Rätsel.)

Als Kalb begann er; ganz gewiß
Vollendet er als Stier – des Phalaris.

2. Wer ist der Aermste?

»Geld!« rief, »mein edelster Herr!« ein Armer. Der Reiche versetzte:
 »Lümmel, was gäb' ich darum, wär' ich so hungrig
als Er!«

3. Der witzige Tischgesellschafter.

Treffend, durchgängig ein Blitz, voll Scharfsinn sind
seine Repliken.
 Wo? An der Tafel? – Vergib! Wenn er's zu Hause
bedenkt.

4. An die Verfasser schlechter Epigramme.

Des Satirs Geißel schmerzt vom Rosenstrauch am meisten;
   Wer nur den Knieriem führt, der bleibe ja beim Leisten!

5. Notwehr.

Wahrheit gegen den Feind? Vergib mir! Ich lege zuweilen
   Seine Bind' um den Hals, um in sein Lager zu gehn.

Fabeln.

1. Die Hunde und der Vogel.

Zwei ehrliche Hühnerhunde, die, in der Schule des Hungers zu Schlauköpfen gemacht, alles griffen, was sich auf der Erde blicken ließ, stießen auf einen Vogel. Der Vogel, verlegen, weil er sich nicht in seinem Element befand, wich hüpfend bald hier-, bald dorthin aus, und seine Gegner triumphierten schon; doch bald darauf, zu hitzig gedrängt, regte er die Flügel und schwang sich in die Luft. Da standen sie wie Austern, die Helden der Triften, und klemmten den Schwanz ein und gafften ihm nach.

Witz, wenn du dich in die Luft erhebst: wie stehen die Weisen und blicken dir nach!

2. Die Fabel ohne Moral.

Wenn ich dich nur hätte, sagte der Mensch zu einem Pferde, das mit Sattel und Gebiß vor ihm stand und ihn nicht aufsitzen lassen wollte; wenn ich dich nur hätte, wie du zuerst, das unerzogene Kind der Natur, aus den Wäldern kamst! Ich wollte dich schon führen, leicht wie ein Vogel, dahin über Berg und Tal, wie es mich gut dünkte, und dir und mir sollte dabei wohl sein. Aber da haben sie dir Künste gelehrt, Künste, von welchen ich, nackt, wie ich vor dir stehe, nichts weiß; und ich müßte zu dir in die Reitbahn hinein (wovor mich doch Gott bewahre), wenn wir uns verständigen wollten.

 tredition®

Über tredition

Eigenes Buch veröffentlichen

tredition wurde 2006 in Hamburg gegründet und hat seither mehrere tausend Buchtitel veröffentlicht. Autoren veröffentlichen in we-
nigen leichten Schritten gedruckte Bücher, e-Books und audio-
Books. tredition hat das Ziel, die beste und fairste Veröffentli-
chungsmöglichkeit für Autoren zu bieten.

tredition wurde mit der Erkenntnis gegründet, dass nur etwa jedes
200. bei Verlagen eingereichte Manuskript veröffentlicht wird. Dabei hat jedes Buch seinen Markt, also seine Leser. tredition sorgt
dafür, dass für jedes Buch die Leserschaft auch erreicht wird.

Im einzigartigen Literatur-Netzwerk von tredition bieten zahlreiche
Literatur-Partner (das sind Lektoren, Übersetzer, Hörbuchsprecher
und Illustratoren) ihre Dienstleistung an, um Manuskripte zu ver-
bessern oder die Vielfalt zu erhöhen. Autoren vereinbaren direkt
mit den Literatur-Partnern die Konditionen ihrer Zusammenarbeit
und partizipieren gemeinsam am Erfolg des Buches.

Das gesamte Verlagsprogramm von tredition ist bei allen stationä-
ren Buchhandlungen und Online-Buchhändlern wie z. B. Amazon
erhältlich. e-Books stehen bei den führenden Online-Portalen (z. B.
iBookstore von Apple oder Kindle von Amazon) zum Verkauf.

Einfach leicht ein Buch veröffentlichen: **www.tredition.de**

Eigene Buchreihe oder eigenen Verlag gründen

Seit 2009 bietet tredition sein Verlagskonzept auch als sogenanntes "White-Label" an. Das bedeutet, dass andere Unternehmen, Institutionen und Personen risikofrei und unkompliziert selbst zum Herausgeber von Büchern und Buchreihen unter eigener Marke werden können. tredition übernimmt dabei das komplette Herstellungs- und Distributionsrisiko.

Zahlreiche Zeitschriften-, Zeitungs- und Buchverlage, Universitäten, Forschungseinrichtungen u.v.m. nutzen diese Dienstleistung von tredition, um unter eigener Marke ohne Risiko Bücher zu verlegen.

Alle Informationen im Internet: **www.tredition.de/fuer-verlage**

tredition wurde mit mehreren Innovationspreisen ausgezeichnet, u. a. mit dem Webfuture Award und dem Innovationspreis der Buch Digitale.

tredition ist Mitglied im Börsenverein des Deutschen Buchhandels.

Dieses Werk elektronisch lesen

Dieses Werk ist Teil der Gutenberg-DE Edition DVD. Diese enthält das komplette Archiv des Projekt Gutenberg-DE. Die DVD ist im Internet erhältlich auf **http://gutenbergshop.abc.de**

Zeitfracht Medien GmbH
Ferdinand-Jühlke-Straße 7
99095 Erfurt, Deutschland
produktsicherheit@kolibri360.de